AF362606

9 789358 720822

کٹھ پتلی: ایک تماشہ

(بچوں کے گیت)

مصنف:

سطوت رسول

ISBN 978-93-5872-082-2

کتاب	:	کٹھ پتلی: ایک تماشہ
مصنف	:	سطوت رسول
صنف	:	ادب اطفال
ناشر	:	تعمیر پبلی کیشنز (حیدرآباد، انڈیا)
زیر اہتمام	:	تعمیر ویب ڈیولپمنٹ، حیدرآباد
سالِ اشاعت	:	۲۰۲۳ء
تعداد	:	(پرنٹ آن ڈیمانڈ)
طابع	:	تعمیر پبلی کیشنز، حیدرآباد – ۲۴
صفحات	:	۵۲
سرورق ڈیزائن	:	تعمیر ویب ڈیزائن

عنوانات

۱	دیباچہ	8
۲	کھیل	10
۳	آنکھ مچولی	12
۴	کٹھ پتلی نے نامک کیا	14
۵	کٹھ پتلی اپنے گاؤں گئی	16
۶	کٹھ پتلی نے کرکٹ کھیلا	19
۷	کٹھ پتلی نے درپن دیکھا	20
۸	کٹھ پتلی نے اشنان کیا	21
۹	کٹھ پتلی نے چندا دیکھا	23
۱۰	کٹھ پتلی نے کیا تماشہ	25
۱۱	کٹھ پتلی نے گانا گایا	27
۱۲	کٹھ پتلی کا وار چلے	29
۱۳	کٹھ پتلی بازار گئی	31

۱۴	کٹھ پتلی نے ہولی کھیلی	33
۱۵	کٹھ پتلی نے پودے لگائے	35
۱۶	کٹھ پتلی نے میلا دیکھا	37
۱۷	کٹھ پتلی نے دلّی دیکھی	40
۱۸	کٹھ پتلی نے تتلی پکڑی	43
۱۹	کٹھ پتلی پکنک کو جائے	45
۲۰	کٹھ پتلی اسکول گئی	47
۲۱	کٹھ پتلی باغوں میں جائے	49
۲۲	کٹھ پتلی سسرال چلی	51

انتساب

اپنی بچی عفتؔ کے نام

دیباچہ

پیارو ہم نے کٹھ پتلی کا تماشہ ضرور دیکھا ہوگا ۔ اس کے دکھانے والے کو بھی دیکھا ہوگا ۔ ایک ایسا آدمی جو دھوتی باندھے ، کرتا پہنے اور سر پر بڑی سی پگڑی لپیٹے ہوئے ہے ۔ وہی اصل بہروپ کا اور اس تماشے کا ایکٹر ہے ۔ اس کی آنکھیں تیزی سے گھومتی ہوئی اپنے ارد گرد کے مناظر کا احاطہ کر لیتی ہیں ۔ پھر وہ ، وہی کچھ بولتا ہے جس کا منظر متقاضی ہوتا ہے ۔ اپنی لمبی انگلیوں سے دھاگوں سے لپٹی ہوئی چھوٹی چھوٹی گڑیوں کو حرکت دیتا جاتا ہے اور پورے ماحول کا نقشہ کھینچتا جاتا ہے ۔

قصبوں اور گاؤں میں اُس کا اسٹیج کسی دالان میں عارضی پردہ لگا کر بنایا جاتا ہے ۔ پردے کے پیچھے کھڑا ہو کر وہ خود مکالموں سے اس ناٹک کی رہنمائی کرتا ہے ، جسے وہ پیش کرنے والا ہے ۔ اکثر اس کے ساتھ ایک عورت بھی ہوتی ہے ۔ جو لڑکی کے مکالمے ادا کرتی ہے ۔ یہ دونوں مل کر باری باری سے کٹھ پتلیوں کو حرکت میں لاتے اور ان کی زبان سے بلواتے ہیں ۔ کتنا پرلطف تماشہ ہوتا ہے ۔ بڑے بھی اس سے محظوظ ہوتے ہیں ۔

بچوں کو یہ دیکھ کر کتنی خوشی ہوتی ہے ۔ اُس کا اندازہ بچّے ہی کر سکتے ہیں ۔ بڑے نہیں ، جب بچپن اپنی ان سرحدوں سے گذر چکا ہو اور بچہ بڑا ہو کر پورا آدمی ہو چکا ہو اس شخص کے مشاہدات اور بچوں کی معصوم تماش بینی میں بڑا فرق ہونا ہے ۔

بچّہ جس چیز کو دیکھ کر جھلتا ہے ، خوشی ہوتا ہے ، یہ خوشی عارضی سہی

ہر لمحہ نو مئی بکھرتی ہوئی زندگی میں اگر ایسے چند لمحے جو مسرتوں سے بھرپور ہوں تو اُس سے بڑھ کر اور کیا ہو سکتا ہے ۔

میں نے اپنے بچپن کے تجربات کو محسوس کیا ، میں اکثر یہ سوچتا رہتا تھا کہ کس طرح اِس تماشے کو نظم کیا جائے اور آغاز قصہ کہاں سے ہو۔ میں نے اِس سلسلے کی سب سے پہلی نظم ’’ پیامِ تعلیم ‘‘ کے لیے کٹھ پتلی ایک تماشہ ، کے نام سے لکھی جو ڈرامہ کی طرح کچھ منظروں پر مشتمل ہے ۔ یہ نظم یا منظوم ڈرامہ پسند کیا گیا ۔ جس سے میرے حوصلے بڑھے ، میں نے پھر سوچنا شروع کیا ۔ کچھ دنوں پہلے کھیل کے عنوان سے پہلی نظم کہی پھر تو یہ سلسلہ ایسا شروع ہوا کہ میں ایک ہفتہ تک اُس کے مختلف منظروں کو لکھتار ہا اور بائیس نظمیں لکھ ڈالیں ، آج یہ کٹھ پتلی آپ کے سامنے ہے ۔ دیکھیے یہ اپنے ساتھ آپ کی بھی تفریح کرائے گی ۔ جگہ جگہ لے جائے گی ۔ کھیل تماشوں میں اپنے ساتھ شامل رکھے گی ۔ یہ کھلنڈری لڑکی سب کی دوست بھی ہے ۔ سب سے لڑتی جھگڑتی بھی ہے اور سب کے کام بھی آتی ہے ۔

شاعر کی دعا ہے کہ یہ تماشہ نما نظمیں بچوں کی عام پسند کا سامان ہوں ۔ جس سے بچے اور ان کے ماں باپ تھوڑی دیر کے لیے سہی اِس سے مسرور ہو سکیں ۔

سطوت رسول

کھیل

ہُوا سویرا سورج نِکلا
کھیل ہُوا اَب کٹھ پُتلی کا

گھر سے نِکلی روپ بھرے
ایک نیا بہروپ بھرے

ہُونٹوں پر اُس کے مُسکان
ساتھ ہیں بچّوں کے اَرمان

چھوڑے تِیر کمان سے وہ
آئی ہے کِس شان سے وہ

غبّاروں میں رَنگ بھرے
سب سے اکڑے جنگ کرے

بچوں کے سنگ کھیل کرے

پل میں روٹھے میل کرے

پیارے بچو شاد رہو

خوشیوں سے آباد رہو

آنکھ مچولی

آنکھ مچولی کھیلیں گے

کھیل میں دُکھ بھی جھیلیں گے

کٹھ پتلی نے راکٹ چھوڑا

اُڑتا ہے ، جادُو کا گھوڑا

اُس پر بیٹھا راجا ایک

مُنہ میں اُس کے باجا ایک

رانی جی سنگھار کریں

محل کے بند دُوار کریں

محل میں ہے نو لکھا ہار

کھڑا ہے جس پہ چوکیدار

جب دیکھو ہے کھیل میں گُم

چلتی پھرتی ریل میں گُم

کٹھ پتلی کی یاد رہے

گھر گھر یہ آباد رہے

جھوٹ موٹ کا قصّہ ہے
باقی کھیل کا حصّہ ہے
چھک چھک کرتی ریل گئی
بچو! جنتا میل گئی
چھک چھک کرتی ریل گئی!

کٹھ پتلی نے ناٹک کھیلا

کٹھ پتلی نے ناٹک کھیلا

ننھی منی گڑیا رانی

سر پہ چندریا

دھانی دھانی

بولو رانی

بولو رانی

بالوں میں تاروں کو گوندھے

دور کھڑی نہ جانے کیا سوچے؟

پیروں میں گھنگرو چھم چھم چھم

کان کے بالے چھم چھم چھم

پہنے ہے وہ لال شلو کا

دو رسے چکے، آگ کا لوُ کا

غصہ چہرے پر جب آئے

ہو جائے گی

لال بھبو کا؟

لال بھبو کا؟

کٹھ پتلی نے نائک کھیلا

ہاتھوں میں مہندی کی لالی

گوری گوری، کالی کالی

باتیں اُس کی

تیکھی تیکھی

روکھی روکھی

پھیکی پھیکی

کٹھ پتلی نے نائک کھیلا

ہنستے ہنستے سب دُکھ جھیلا

چوُں، چوُں، چوُں

چُن، چُن، چُن

جھوُں جھوُں جھوُں

جھُن جھُن جھُن

گھُن گھُن گھُن

سَن سَن سَن

ٹَن ٹَن ٹَن

گھَنٹہ بولا؟

گھر آئی پھر شام کی بیلا

کٹھ پتلی نے نائک کھیلا

ــــــــ ٭ ــــــــ

کٹھ پتلی اپنے گاؤں گئی

کٹھ پتلی جب گاؤں گئی
کہتے ہیں سب جل گاؤں گئی

اُس کے ہیں دو پیارے بھائی
کرتی نہیں وہ اُن سے لڑائی

اُس کی ہیں دو پیاری بہنیں
جیسے ہوں چندا کی کرنیں

اُس کی آنکھ میں کاجل ڈورے
بھرے بھرے سے نین کٹورے

سر پر اوڑھے لال چُندریا
گھر آئی ہو جیسے بَدَریا

جامن جیسے ہونٹ رسیلے
لال گلابی نیلے نیلے

پاؤں میں گھُنگرو بول رہے ہیں
کانوں میں رَس گھول رہے ہیں

بہن اور بھائی جشن منائیں
حلوہ اور پکوڑی کھائیں

اچھا سا پکوان پکائیں
خود کھائیں اوروں کو کھلائیں

خوب مزے میں مل کر کھائیں
کھاتی جائیں اور للچائیں

کٹھ پتلی کا کھیل یہ دیکھو
ہنسی خوشی تم پیارے بچّوں

کٹھ پتلی جب گاؤں گئی

پہن کے وہ کھڑاؤں گئی

*

کٹھ پتلی نے کرکٹ کھیلا

کٹھ پتلی نے کرکٹ کھیلا

ہاتھوں میں لکڑی کا بلّا

بچّے مل کے مچائیں ہلّا

اِکّا، دُگّی، تِگّی، چوّا

زور لگاؤ، ہو گا چھکّا

ٹیم کے سر پر بیٹھا ہوّا

شیشم پر ہے کالا کوّا

گڈّو مُنّو چُنّو پیارے

تم ہو سب کے راج دُلارے

کھیل کو دیں ہم وقت گذارے

کٹھ پتلی نے ڈنڈے مارے

دَھم دَھم دَھم

دَھڑولک

تھائی تَھئی تَھئی!

کٹھ پتلی کا کھیل سجے!

کٹھ پتلی نے درپن دیکھا

بین کی دُھن پر ناچ رہی ہے
چھم چھم پایل باج رہی ہے

میلے کی اک پاگل دُھن ہے
باقی جو ہے چھن چھن چھن ہے

درپن دیکھ کے اتراتی ہے
دیکھو کیا وہ اِٹھلاتی ہے

کٹھ پتلی نے بین بجائی
دُھن جس کی ہے جی کو بھائی

گھر سے نکلی جب وہ بَن ٹھن
ایسی بھی ہے جیسے دُلہن

کیسا اچھا ناچ دکھایا
بین سُنا کر جی بہلایا

ــــ ــــ ٭٭ ــــ ــــ

کٹھ پتلی اُشنان کرے

کٹھ پتلی اُشنان کرے
سب کو وہ حیران کرے
نظرے اُنّی کو دکھلا ئے
بہنوں سے وہ روٹھی جائے
نل کے نیچے روئے وہ
صابن سے منہ دھوئے وہ
کپڑوں میں ہے موہنی مورت
اچھی سی ہے اُس کی صورت
دانت ہیں اُس کے موتی جیسے
دیپک کی ہو جیوتی جیسے
اُوڑھے ہے وہ لال دوشالہ
گردن میں ہے سونے کی مالا

پیروں میں چاندی کے گھنگرو
جسم سے نکلے اُس کے خوشبو
سب سکھیوں میں ہنستی لڑکی
کہتے ہیں سب اُس کو تتلی
نظمیں مِنّتی سہمی کٹھ پتلی !

——— ••• ———

کٹھ پُتلی نے چندا دیکھا

چندا ہم ساموں آؤ نا

دودھ بتاشے کھاؤ نا

امی روز بلاتی ہیں

خط بھی روز لکھاتی ہیں

کیا تم؟ مجھ سے روٹھ گئے

دیکھو تارے ڈوب گئے

دھرتی پر کرنیں آئیں

سردی کی لہریں آئیں

چھونا بھیا یاد کرے

دل اپنا ناشاد کرے

چندا ماموں آ جاؤ

صورت کو دِکھلا جاؤ

دیکھو اب میں روتی ہوں

روتے روتے سوتی ہوں

تاروں سے میں بات کروں

باتیں ساری رات کروں

تم کیوں مجھ سے روٹھ گئے

بادل میں کیوں ڈوب گئے

چندا ماموں آ ؤ نا

دودھ بتاشے لاؤ نا

گیت سہانے گا ؤ نا!

کٹھ پُتلی نے کیا تماشہ

کٹھ پُتلی نے کیا تماشہ
چپکے چپکے کھائے بتاشہ
نوکیلے دانتوں سے کترے
کپڑے پہنے صاف اور ستھرے
کٹھ پُتلی نے روٹی کھائی
مُرغے کی اک بوٹی کھائی
کٹھ پُتلی نے چاول کھائے
میٹھی کھیر، رسا وَل کھائے
کٹھ پُتلی نے چائے بنائی
کھا گئی ساری دودھ ملائی
مولی، گاجر، آلو کھائے
بھنڈی اور رَتالو کھائے
مرچیں کھائیں سوں سوں کرتی
کھانسی آئی کھوں کھوں کرتی

کٹھ پُتلی نے بُھٹا کھایا

خوب چبایا خوب چبایا

پیٹ پکڑ کر بیٹھ گئی وہ

درد نے اس کو آن دبایا

دیکھو کٹھ پتلی کا نقشہ

کٹھ پتلی نے کیا تماشہ

کٹھ پتلی نے گانا گایا

کٹھ پُتلی نے گا نا گایا

کیسا انوکھا راگ سنایا

سوتے بچّے جاگ گئے

اُس کی طرف سب بھاگ گئے

ڈھولک جھانجھ منجیرا ہے

دیکھو راگ کبیرا ہے

سُر سنگیت کا سرگم ہے

طبلے کی ایک دھم دھم ہے

وینا جاگے تاروں میں

کھیلے رنگ بہاروں میں

کٹھ پُتلی کی پیس پیس ہے

اکتارے کی دس دس ہے

کٹھ پُتلی نے گا نا گایا

کیسا انوکھا راگ سنایا

طبلے پر جب تھاپ پڑی

جاگے سُر وہ ناچ اٹھی

ختم ہوا، تاروں کا فسانہ

کٹھ پُتلی

نے

گانا گایا!

کٹھ پُتلی کا وار چلے

کٹھ پُتلی کا وار چلے

تیغ و تبر تلوار چلے

گھوڑوں پر اک فوج چلے

اونچی نیچی، موج چلے

کٹنوں کے ئسر کاٹ چلے

رنگ چلے، شہرات چلے

نکلی ہے وہ ڈھال لیے

اُلجھے اُلجھے بال لیے

لڑتے لڑتے ہار گئی

طاقت سب بے کار گئی

کٹھ پُتلی میدان میں ہے

مرنا کتنا آسان میں ہے

اُس کی جیون لیلا ہے
پربھو کی رَنگ لیلا ہے
کٹھ پُتلی نے جھیلے وار
تیز تھی کیا تلوار کی دھار
اُس کا وار انوکھا ہے
باقی سب کچھ دھوکہ ہے
کٹھ پُتلی کا گیت سنو
ہے یہ نِدھر سنگیت سنو

کٹھ پُتلی بازار گئی

کٹھ پُتلی بازار گئی

راجہ کے دربار گئی

گھبراتی دُکان پہ پہنچی

چُوں چُوں کرتی

رُوں رُوں کرتی

ہاں ہاں کرتی

ہُوں ہُوں کرتی

موٹر سے وہ ذرا کر بھاگی

سوئی سوئی جاگی جاگی

سڑک، گلی دوراہے سے

بھاگی سرپٹ چوراہے سے

بچّے اور فقیر ملے
کتنے ہی بَل بیر ملے
چونک پڑی وہ ہارن سُن کے
چلنے لگی فٹ پاتھ پہ چڑھ کر
سَن سے کوئی کار گئی
چلتے چلتے ہار گئی
کٹھ پُتلی بازار گئی
راجہ کے دربار گئی

کٹھ پتلی نے ہولی کھیلی

کٹھ پُتلی نے ہولی کھیلی

اور پچوں سے گولی کھیلی

پچکاری سے رنگ اُڑایا

سب کو اس نے بھوت بنایا

تانڈو ناچ جو نہیں نچوایا

نشہ خوشی کا سب پر چھایا

پورب دیکھو پچھم دیکھو

اُتّر دیکھو، دکن دیکھو

گھبراہٹ میں چلتے جاؤ

لوٹتے اور پلٹتے جاؤ

آؤ آؤ جاؤ جاؤ

کھاؤ پیو اور موج مناؤ

رنگوں سے بازار بھرد

محلوں کی دیوار رنگو

در داز سے رنگین کرو

دو کو توڑ و تین کرو

کٹھ پتلی نے ہولی کھیلی

کنچوں سے ہے گولی کھیلی

بچّے اُس کے سنگ رہے

آپس میں کیوں جنگ رہے

سچ کا بول جو بالا ہو

جھٹنوں کا مُنہ کالا ہو

کٹھ پتلی گلنار بنی

رنگوں کی دیوار بنی

کٹھ پتلی نے پودے لگائے

آنگن میں!
کٹھ پتلی نے پودے لگائے
اُس میں نکلے پھول
رنگ برنگے
اودے، پیلے
نیلے لال گلابی
رنگوں کی ورشا سے جاگے
اس کے گھر کا آنگن
پایل کی ہو جھنجھن جھنجھن
گملوں کا بازار لگا ہے
گھر دیکھو پھولوں سے سجا ہے
گذرو راہب اپنے ہاتھ سے

کلیوں کو یوں تو نہیں موڑیں
پھول میں باقی جان نہ چھوڑیں
کٹھ پتلی جب چین گنوائے
اور وہ بچوں پر جھنجھلائے
چوں، چوں، چوں چوں کرتی جائے
خود روئے اور دوں کو رلائے
ہپتی پر آنسو ٹپکیں
چپکے، چپکے
جیسے موتی
کا ہے کو یہ موتی رولے
دیکھو کیا کٹھ پتلی بولے
ــــ ـ ـ ـ ـ

کٹھ پتلی نے میلہ دیکھا

کٹھ پتلی نے میلہ دیکھا
بچوں کا اک ریلا دیکھا

کالا دیکھا پیلا دیکھا
اُودا دیکھا نیلا دیکھا

چلتے پھرتے ہاتھی دیکھے
نھنّے مُنّے ساتھی دیکھے

بینڈ کے ساتھ براتی دیکھے
مخلوق آتی جاتی دیکھے

سڑک کے اوپر تم نے دیکھے
گڑیوں کی ایک جھم جھم دیکھے

موٹے لالا مونچھوں والے
کدو جیسی توندوں والے

سڑک کے اوپر چھکڑا دیکھا
گھوڑا اس میں تگڑا دیکھا

پل کے اوپر انجن دیکھا
دو پہیوں کی گھن گھن دیکھا

اُس نے چڑیا گھر کو دیکھا
شیروں کے کٹ گھر کو دیکھا

لانوں میں اک کیاری دیکھی
پھول کی رنگت نیاری دیکھی

اونچے محل دو محلے دیکھے
کتنے رنگ روپہلے دیکھے

اونچے میناروں کو دیکھا
اُس نے دیواروں کو دیکھا

گلیاں دیکھیں آنگن دیکھا
دروازے پر جوسلمن دیکھا

کٹھ پتلی کے ساتھ چلے
بچّوں کی برات چلے

ــــــــ و ــــــــ

کٹھ پُتلی نے دلّی دیکھی

کٹھ پُتلی نے دلّی دیکھی

چلتی پھرتی بلّی دیکھی

کٹھ پُتلی نے بھالو دیکھا

موٹا موٹا آلو دیکھا

کٹھ پُتلی نے بندر دیکھا

مولی اور چقندر دیکھا

کٹھ پتلی نے موٹر دیکھی

اندر دیکھی باہر دیکھی

بچوں نے پھر شور مچایا

کٹھ پُتلی کو غصہ آیا

وہ بچوں کے پیچھے دوڑی

ہاتھ میں لے کر ایک ہتھوڑی

شعلہ مچلہ اُس کی آنکھیں

جیسے ہوں نیبو کی پھانکیں

چلتی پھرتی چھن چھن دیکھی

لہراتی سی ناگن دیکھی

ایک سپیرا بین بجائے
نیولا سانپوں سے لڑ جائے

کٹھ پتلی کیوں ڈرتی اُس سے
چھوں چھوں کرکے لڑتی اُس سے

خالی وار اگر ہو جائے
کتنا اُس کو غصہ آئے

شور کرے میدان سے بھاگے
اوہو کتنی شان سے بھاگے

سارے بچّے اُس کے پیچھے
وہ ہے سب کے آگے آگے

دونوں ہاتھ سے ڈنڈا پکڑے
سارے بچوں سے ہے اکڑے

کٹھ پتلی نے دلّی دیکھی
چلتی پھرتی نئی بلّی دیکھی

ٹھنڈی ہی برف کی سستی دیکھی

ڈنڈا دیکھا، گلی دیکھی

کٹھ پُتلی نے دِلّی دیکھی!

کٹھ پتلی نے تتلی پکڑی

کٹھ پتلی نے پکڑی تتلی

کیسی رنگ برنگی تتلی

نیلے نیلے پنکھ تھے اُس کے

کتنے بچّے سنگ تھے اُس کے

پھولوں کے جھرمٹ میں بیٹھی

خوشیوں سے وہ لہکی لہکی

باتیں اُس کی میٹھی میٹھی

بلبل جیسی چہکی چہکی

پنکھ کھولیں تو اُڑتی جائے

اوپر نیچے مڑتی جائے

چوں چوں، چیں چیں

چاں چاں کرتی

ری ری کرتی ، ڑوں ڑوں کرتی

ڑاں ڑاں کرتی

بی بی ، سوں سوں

ساں ساں کرتی

ہی ہی ، ہُو ہُو

ہاں ہاں کرتی

کٹھ پتلی نے تتلی پکڑی

۔۔۔۔ پ ۔۔۔۔

کٹھ پتلی پکنک کو جائے

کٹھ پتلی پک نک کو جائے

دوڑے بھاگے شور مچائے

لکڑی سے وہ کھٹ کھٹ کرتی

پھٹ پھٹ کرتی

گلے میں لمبی مالا پہنے

پیروں میں پھولوں کے گھنگے

بالوں میں سیندور لگائے

گالوں پر اَفشاں چمکائے

لال چُند ریا اوڑھ کے آئی

جیسے شفق آکاش پہ چھائی

کٹھ پتلی لڑکی ، بو نا لڑکا

اُس کو دیکھ کلیجہ دھڑکا

بچوں میں وہ خوش رہتی ہے
چپکے چپکے یہ کہتی ہے
ہا ہا، ہی ہی
ہو ہو، ہو ہو
کھا کھا، کھی کھی
کھو کھو، کھو کھو

کٹھ پُتلی اسکول گئی

کٹھ پُتلی اسکول گئی

پنج پہ بیٹھی پھول گئی

ماسٹر نے جب اُسے پڑھایا

آنکھوں بیچ اندھیرا چھایا

بولو، بولو

بولو رانی

الف سے آم اور الف سے آگ

ب سے بکری، ب سے باگ

پ سے پیسا، پ سے پتّا

ت سے تتلی، ت سے تاگا

ٹ سے ٹم ٹم، ٹ سے ٹاٹ

ث سے ثمر کو تولے باٹ

ج سے جادو، ج سے جام

چ سے چاقو، چ سے چام

لکھتی جائے پڑھتی جائے
آگے آگے بڑھتی جائے
اُدھم مچانا بھول گئی
کٹھ پُتلی اسکول گئی

کٹھ پُتلی باغوں میں جائے

گنتے میٹھے پھل کھائے وہ
آم پہ غلّے برسائے وہ

کھیتیت گئی ، کھلیان گئی
باغ گئی ؛ میدان گئی

اَمرودوں کو کھانے جائے
پانی اس کے منہ میں آئے

بچوں کی اک ٹولی لے کر
کپڑے کی اک جھولی لے کر

چیکے سے پھل اس میں رکھے
کچھ کھائے، کچھ پھینکے، چکھے

بولی اپنی جھولی بھر لو
ہلکی بھر لو ، پوری بھر لو

کٹھ پُتلی باغوں میں جائے
مل کر سب بچے چلائے

روٹھ گئی پھر میل ہوا
بچّوں کا یہ کھیل ہوا

———————

کٹھ پتلی سُسرال چلی

کٹھ پتلی ڈولی میں بیٹھی
جاتی ہے سُسرال
سارے نیگّے اُس کے براتی
چھوٹ رہے ہیں سنگی ساتھی
یہی ہے اک سوال؟
اُس کے اَماں اَبّا روَئیں
مفلِس میں اپنی جانیں کھوَئیں
جینا کیوں جُنجال
منہ آنسو سے دھوَئیں
اپنی آنکھ کا کاجل کھوَئیں
غم سے ہوئی نِڈھال
گاؤں کی گلیاں سوئی سوئی
پھول کی کلیاں روئی روئی

دن بیتے اور بیتے سال

سارے راگ الاپے جائیں

دُکھ جتنے ہیں ناپے جائیں

جاگیں سُر اور تال

کٹھ پُتلی ڈولی میں بیٹھی

جاتی ہے سَسُرال

کاندھے پر اُس کے لہرائے

سُرخ گلابی شال

کٹھ پُتلی سُسرال

سیدھی بیٹھی تال پہ چلی